나는 매일 네 생각을 해

곰신일기

나는 매일 네 생각을 해

곰신일기

나는 군화 [   ]을(를) 기다리는

사랑스러운 곰신 [   ]입니다.

네가 입대한 날 :   년   월   일

내 곁에 오는 날 :   년   월   일

우리는 여전히, 사랑하는 중입니다.

I Love
Eating
Yummy
Stuff

바라만 보아도 웃음이 나는
행복한 너와 나의 모습들

(사진을 붙여주세요)

우리가 처음 만난 날을 기억하니? 너의 첫인상이 어땠냐면 :

♡ 귀여워

♡ 키가 크네

♡ 얼굴이 하얗군

♡ 자상해 보여

♡ 무뚝뚝한가?

♡ 수줍음이 많구나

♡ 어른스러워

♡ 눈이 예쁘다

♡ 손가락이 길구나

♡ 힘이 셀 것 같아

♡ _____

♡ _____

♡ _____

그날 너의 모습은:

헤어스타일은:

표정은:

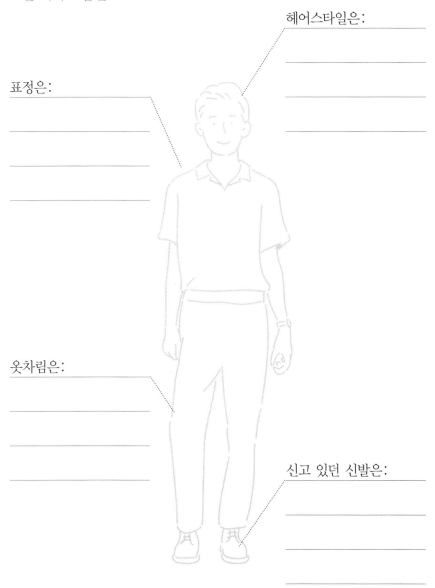

옷차림은:

신고 있던 신발은:

우리가 즐겨 먹던 음식은:

♡ 매운 떡볶이

♡ 파스타와 피자

♡ 치킨과 맥주

♡ 김밥과 라면

♡ 아이스 아메리카노

♡ 와플

♡ 돈까스

♡ 제육볶음

♡ 삼겹살

♡ 팥빙수

♡ 냉면

♡ _____

♡ _____

♡ _____

사랑을 가득 담아 너만을 위한 요리를 준비해봤어!

재료 : 사랑 두 스푼, 설렘 한 스푼, 그리움 한 스푼, 애교 반 스푼, 섹시함 한 스푼

요리법 : 냄비에 사랑 두 스푼을 넣고 천천히 저어준다.

사랑이 빵처럼 크게 부풀면 설렘 한 스푼과 애교 반 스푼을 넣고 재빨리 섞어준다.

맛이 심심하다고 느낄 때는 섹시함 한 스푼을 넣는다.

주의 : 이 요리를 먹고 나면 상대방이 이 세상에서 가장 예쁘게 보일 수 있음!

입대하기 전, 마지막으로 내게 한 말 기억하니?

_____

_____

_____

_____

지금 당장 딱 10분 동안 널 만날 수 있다면, 난 이걸 하겠어 :

♡ 힘껏 끌어안고 가만히 있기

♡ 네 눈을 보면서 사랑한다고 말하기

♡ 천천히 등을 쓸어주면서 '힘내'라고 얘기하기

♡ 네가 좋아하는 음식을 먹여주기

♡ 우리가 좋아하던 노래 함께 듣기

♡ _____

♡ _____

♡ _____

네가 가장 그리운 날은:

♡ 우리가 처음 만난 날   ♡ 첫눈 오는 날   ♡ 12월 31일   ♡ 밸런타인데이

♡ 내 생일   ♡ 크리스마스   ♡ 로즈데이   ♡ _____

친구들은 우리 커플을 이렇게 불렀지.

그 이유는 _____

_____

우리가 가장 크게 다퉜던 건 _____ 때문이었어.

그리고 우리는 이렇게 화해했지.

_____

_____

_____

메시지를 보낼 때 너의 특별한 말버릇은 이거야.

지금 당장 너에게 듣고 싶은 말은:

♡ 널 만난 건 내 인생에서 가장 큰 행운이야

♡ 우린 언제나 함께 있어, 내 마음속에 ♡ 평생 행복하게 해줄게

♡ 보고 싶어 ♡ 뽀뽀할래? ♡ 넌 언제나 날 웃게 만들어

♡ 맛있는 거 먹으러 가자 ♡ 고마워, 날 사랑해줘서

♡ _____

♡ _____

네가 보고 싶을 때 내가 하는 행동은:

♡ 편지 쓰기 ♡ 너와 만나면 하고 싶은 일 목록 업데이트하기

♡ 친구들과 만나서 신나게 수다 떨기 ♡ 핸드폰에 저장된 네 사진 보기

♡ 일기장에 네 이름 적기 ♡ 슬픈 영화 보면서 펑펑 울기

♡ 너와 함께 가던 카페에서 커피 마시기 ♡ 영어 공부에 몰두하기

♡ 네가 있는 쪽을 향해 "사랑해"라고 외치기

♡ _____

♡ _____

내가 군화고, 네가 곰신이었다면 넌 나를 기다려줬을까?

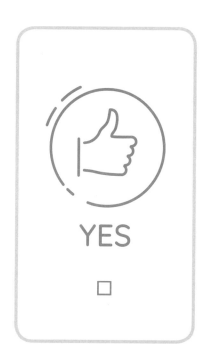

이유는 _____

이유는 _____

군대에 꼭 생겼으면 하는 규칙은:

♡ 하루에 한 번 사랑하는 사람과 영상 통화하기

♡ 아무도 모르게 깜짝 휴가 보내주기

♡ 민소매에 반바지 군복 만들어주기

♡ 겨울에는 롱패딩 군복 입혀주기

♡ 하루에 두 번씩 맛있는 간식 타임!

♡ 매일 저녁 점호 대신 피부 관리 시간 주기

♡ _____

♡ _____

아마, 너는 이럴 때 내가 가장 보고 싶을 거야:

♡ TV에서 나처럼 예쁘고 귀여운 걸그룹이 나왔을 때

♡ 밤하늘에 별이 총총 떠 있을 때 ♡ 너와 내가 처음 만난 기념일

♡ 내 생일 ♡ 무서운 선임한테 혼난 얘기를 털어놓고 싶을 때

♡ _____

♡ _____

내가 상상하는 너의 일과를 그려볼게.

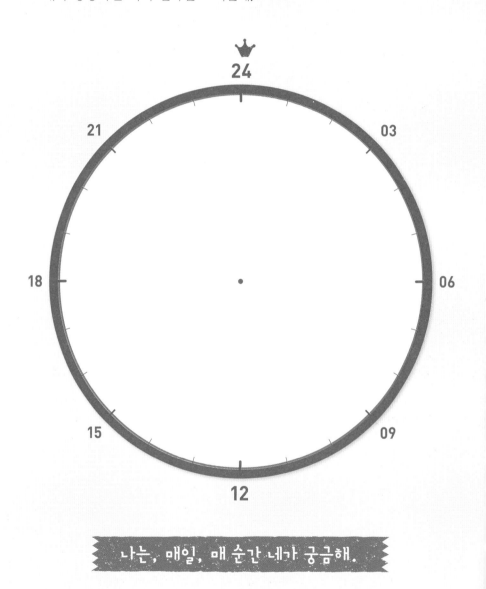

내가 너에게 처음 만들어줬던 음식은:

♡ 라면 ♡ 떡볶이 ♡ 알리오올리오 ♡ 김치볶음밥 ♡ 달걀 프라이

♡ 토스트 ♡ 주먹밥 ♡ 샌드위치

♡ _____

♡ _____

♡ _____

나중에 말야, 난 이런 아내가 되고 싶어 :

♡ 너의 이야기를 잘 들어주는 경청왕

♡ 바라만 보아도 기분이 좋아지는 상큼왕

♡ 매일 저녁 근사한 요리를 해주는 요리왕

♡ 힘들 때 믿음직한 조언을 해주는 상담왕

♡ 너의 심장을 녹여버리는 애교왕

♡ 지친 네 마음을 달래주는 치유왕

♡ _____

♡ _____

네가 곁에 없어서 서러운 것들:

♡ 최신영화를 함께 볼 사람이 없어

♡ 맛있는 걸 함께 먹어줄 사람이 없어

♡ 내게 예쁘다고 말해주는 사람이 없어

♡ _____

♡ _____

♡ _____

♡ _____

그냥, 그냥
네가 없는 모든 시간이
서러워.

너와 나의 러브스토리로 노래를 만들어봤어.

우리가 처음 함께 찍은 사진 공개!

(사진을 붙여주세요)

우리가 가장 마지막으로 함께 찍은 사진도 붙여둘게.

(사진을 붙여주세요)

너를 군대에 보내면서 가장 걱정했던 건 바로 이런 점이야:

♡ 몸이 아프거나 다칠까봐

♡ 선임들이 괴롭힐까봐

♡ 나에 대한 사랑이 식을까봐

♡ 내가 다른 사람과 바람 피울까봐

♡ 혼자서 외로울까봐

♡ 서로의 빈자리가 익숙해질까봐

♡ _____

♡ _____

♡ _____

첫 키스할 때 내가 들었던 생각은:

♡ 이게 뭐지? ♡ 따뜻해 ♡ 따가워 ♡ 이런 걸 왜 좋다고 하는 거지?

♡ 부끄러워! ♡ 이제 정말 사랑하는 사이가 된 걸까? ♡ 코가 간지러워

♡ _____

♡ _____

내가 부대장으로 갈 수 있다면 너에게 이런 특혜를 주겠어 :

♡ 아침 10시 기상!

♡ 최신 영화 관람하기(나와 함께라면 더 좋아)

♡ 일주일에 한 번씩 외식하기

♡ 핸드폰 자유 사용

♡ 치맥타임

♡ 영어 공부 시간

♡ _____

♡ _____

♡ _____

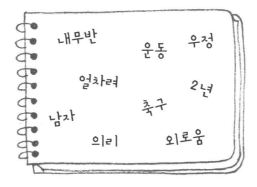

군대 하면 떠오르는 단어들

내무반   운동   우정
얼차려   2년
남자   축구
의리   외로움

내가 꿈꾸는 결혼식 모습을 꾸며봤어. 생각만으로 황홀해.

조금 이른 생각이기는 하지만 우리가 아이를 낳는다면 이런 얼굴이겠지?

사랑스러운 우리 딸

개구쟁이 우리 아들

우리 이름으로 삼행시를 지어볼게.

○

○

○

○

○

○

내가 생각하는 너의 매력 포인트는 :

♡ 훤칠한 키 ♡ 웃을 때 보이는 가지런한 치아 ♡ 부드러운 목소리

♡ 오동통한 뱃살 ♡ 힘줄 불끈 팔뚝

♡ _____

♡ _____

♡ _____

지금 내게 꼭 필요한 초능력을 하나만 꼽는다면 말이야 :

♡ 너에게 당장 달려갈 수 있는 순간이동

♡ 너의 생각을 꿰뚫을 수 있는 독심술

♡ 내무실 안을 볼 수 있는 강력한 투시력

♡ 너의 곁에서 일상을 함께할 수 있는 투명인간

♡ _____

♡ _____

♡ _____

♡ _____

♡ _____

그 초능력으로 당장 이루고 싶은 일은 이거야.

_____

_____

_____

당장 내일, 24시간의 휴가가 주어진다면 너와 꼭 가보고 싶은 곳은:

♡ 우리가 처음 만났던 그곳

♡ SNS에서 골라두었던 핫한 맛집들

♡ 손 꼭 잡고 거닐 수 있는 한적한 숲길

♡ 그리움을 한 방에 날릴 수 있는 짜릿한 놀이공원

♡ _____

♡ _____

♡ _____

생각이 날 때 전화를 걸어 안부를 물을 수 있다는 것.
보고 싶을 때 달려가서 힘껏 안을 수 있다는 것.
이게 얼마나 큰 축복인지 그땐 몰랐어.

너에게 읽어주고 싶은 책 속 좋은 글귀들을 모아봤어.

우리 사랑을 지키기 위한 세 가지 규칙을 만들어봤어!

1.

2.

3.

별과 달에게 감사해.

지금 이 순간

너와 공유할 수 있는

유일한 존재라서.

내가 가장 좋아하는 너의 표정은 바로 이거야.

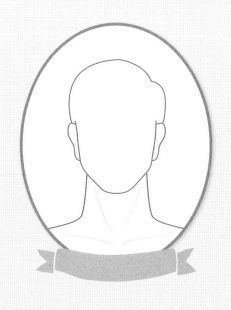

(사진을 붙여보세요)

(사진을 붙여보세요)

(사진을 붙여보세요)

내가 가장 부러운 커플이 누구냐면:

♡ 티격태격해도 하루 종일 딱 붙어 다니는 톰과 제리

♡ 군화-곰신 부부, 태양과 민효린

♡ 연예계 대표 사랑꾼 션, 정혜영 부부

♡ 비극적 결말이지만 세기의 사랑으로 칭송받는 로미오와 줄리엣

♡ 군대에 의무적으로 가지 않아도 되는 나라에 사는 수많은 커플들

♡ _____

♡ _____

♡ _____

♡ _____

멀어지는 너의 뒷모습을 보면서 깨달았어.
넌 한 번도 나보다 먼저 돌아선 적이 없었다는 사실을.

날 만나러 올 때도
집으로 돌아갈 때도
넌 언제나 내게 웃는 얼굴만 보여주었지.

사랑하는 사람의 등을 본다는 것은
그 사람의 모든 걸 지켜준다는 뜻이야.

이젠 내가 널 지켜줄게.

LOVE 모의고사

나는 너에 대해 얼마나 많이 알고 있을까?

이름 : _____

1. 태어난 날은?

2. 졸업한 중학교는?

3. 어릴 적 너의 꿈은?

4. 가장 좋아하는 연예인은?

5. 너는 무서운 놀이기구를 잘 탄다, 못 탄다?

6. 신발 사이즈는?

7. 노래방 18번은?

8. 못 먹는 음식은?

9. 가장 듣기 싫어하는 말은?

10. 제일 친한 친구 이름은?

11. 가장 감명 깊게 읽은 책은?

12. 특이한 버릇이 있다면?

13. 별자리는?

14. 주량은?

15. 아메리카노에 시럽을 넣는다, 안 넣는다?

16. 최고의 일탈은 무엇?

17. 보물 1호는?

18. 꼭 가보고 싶은 여행지는?

19. 게임 아이디는?

20. 아침에 일어나서 세수를 먼저 할까, 양치를 먼저 할까?

나중에 채점해서 점수를 알려줘!
80점 이상이면 특별한 선물, 기대해도 되겠지?

너에게 했던 사소한 거짓말을 고백할게:

미안해, 나 클럽 가봤어.

나, 쌍꺼풀 수술한 거야.

내 첫사랑은, 너 아니고 고등학교 2학년 때야.

취미, 독서 아니야.

9시에 통금이라고 한 거 거짓말이야.

사실 나 48kg 아니야.

맥주 한잔도 못한다는 거 거짓말이야.
내 주량 소주 두 병이야.

_____

_____

_____

_____

내가 너에게 반했던 순간이 언제냐면:

♡ 무거운 짐을 번쩍 들어주었을 때

♡ 함께 길을 걷다가 나를 안쪽에 서게 해줬을 때

♡ 술에 취한 어느 날, 내 어깨에 살짝 기댔을 때

♡ 친구들 앞에서 "내 여자친구야" 하고 당당하게 우리 사이를 공개했을 때

♡ 아픈 나를 위해 정성껏 죽을 끓여줬을 때

♡ 고장 난 내 노트북을 뚝딱 고쳐주었을 때

♡ _____

♡ _____

♡ _____

"뭐 해?"라는 말이 무슨 뜻인 줄 아니?

그건 바로 '보고 싶다'는 뜻이야.

뭐 해?

왜 대답이 없어?

너 지금 뭐 하냐니까?

우리들의 행복한 순간 (아래 그림을 색칠해 나만의 그림을 완성해보세요!)

언젠가 우리가 결혼하게 되면, 너에게 꼭 받고 싶은 프러포즈가 있어, 그게 뭐냐면 :

♡ 영화 〈러브 액츄얼리〉 속 스케치북 고백

♡ 회전목마 앞에서 뽀뽀하기

♡ '나에게 시집 와'라는 말과 함께 예쁜 구두 선물 받기

♡ 달콤한 케이크 안에 반지 숨기기

♡ 둘만의 공간에서 손편지 읽어주기

♡ _____

♡ _____

♡ _____

너와 함께 떠나고 싶은 곳의 사진들을 모아봤어. 생각만으로도 가슴이 설레.

(사진을 붙여주세요)

(사진을 붙여주세요)

(사진을 붙여주세요)

내가 너와 사랑에 빠졌다고 느꼈던 순간은:

♡ 너에게 오는 전화와 문자를 기다리고 있을 때

♡ 너와 함께하는 시간이 너무 짧게 느껴질 때

♡ 네가 좋아하는 스타일의 옷만 골라 입을 때

♡ 네가 다른 여자들과 이야기하고 있는 모습을 보고 화가 났을 때

♡ 이름 대신 특별한 애칭으로 부르고 싶었을 때

♡ 너의 부모님이 궁금해졌을 때

♡ _____

♡ _____

♡ _____

♡ _____

♡ _____

너를 처음 본 내 친구들이 뭐라고 했냐면.

_____

_____

_____

_____

네 친구들을 처음 만났을 때 내 기분이 어땠냐면.

_____

_____

_____

_____

사랑은 바람 같아.
눈에 보이지 않아도 느낄 수는 있으니까.
오늘도 내 손끝에서 춤을 추는 너.

요즘 SNS에서 핫한 맛집의 목록을 적어둘게. 너와 함께 갈 수 있도록:

♡ _____

♡ _____

♡ _____

♡ _____

♡ _____

♡ _____

♡ _____

♡ _____

♡ _____

♡ _____

사랑하는 사람과 사소한 일상을 함께 나누는,

손을 꼭 잡고 내 곁을 지나가는

모든 사람들이

미치도록 부러워.

우리가 다섯 살에 만났으면 어땠을까? 지금보다 더 많은 추억을 공유했겠지?

(사진을 붙여주세요)

(사진을 붙여주세요)

요즘 내가 좋아하는 노래 가사야. 이 노래를 들으며 널 떠올리지.

지코의
soulmate

오래 기다렸지 안녕, 나의 소울메이트

모든 게 너다워졌어

투명한 매듭에 묶여

한시도 이곳을 못 떠나

내가 곰신이 된 후로 잠들기 전에 매일 하는 생각은 말이야:

♡ 오늘도 너는 고단했겠다. 어디 다친 곳은 없겠지?

♡ 너무 보고 싶어

♡ 너도 내 생각하겠지?

♡ 아니 근데 제대하는 날이 오긴 하는 거야?

♡ _____

♡ _____

네가 이럴 때 난 너무 감동해서 눈물이 날 것 같아:

♡ 정성이 가득 담긴 편지를 받았을 때

♡ 틈내서 전화해줄 때

♡ 내가 짧게 언급했던 것을 기억하고 되물어줄 때

♡ 나와 함께 보낼 휴가 계획을 세세히 짜왔을 때

♡ _____

♡ _____

♡ _____

그동안 내가 군대에서 쓴 일기를 구경하는데
내 얘기가 가득하더라.
바쁘고 힘든 순간에도 항상 내 생각했구나 싶어서 감동이었어.

내가 너에게 주고 싶은 선물은:

♡ 거품이 풍성한 내가 만든 수제비누

♡ 너의 입술을 지킬 보습력 강한 립밤

♡ 내 남자의 피부를 위한 강력한 선크림

♡ 관물대에 붙일 잘 나온 사진

♡ 양털처럼 폭신폭신한 따뜻한 양말

♡ 너의 건강을 책임질 종합영양제

♡ _____

♡ _____

♡ _____

난 이럴 때 좀 서운해 :

♡ 연락이 뜸하거나 약속한 연락 시간을 어길 때

♡ 휴가 때 나보다 친구들을 더 많이 만나겠다고 할 때

♡ 전화를 못 받은 내게 유독 짜증을 심하게 낼 때

♡ 훈련이 바빠서인지 내 생일이나 기념일을 잊어버렸을 때

♡ _____

♡ _____

네가 이런 행동을 할 때, 솔직히 난 고무신을 거꾸로 신고 싶어져 :

♡ 오랜만에 휴가 나와서 나보다 친구들을 더 많이 만날 때

♡ 전화할 때마다 힘들다고 칭얼거릴 때

♡ 우리만의 기념일 못 챙기고 넘어갈 때

♡ 필요한 물품이 생겼을 때만 내게 살갑게 굴 때

♡ 시도 때도 없이 집착할 때

♡ _____

우리 사랑을 응원하는 친구들이 직접 써준 편지야.

누가 내게 이런 질문을 한다면, 난 이렇게 대답할 거야.

"100일 휴가 나오는 군인 남자친구, 5년 만에 입국하는 절친.
같은 날, 같은 시간에만 볼 수 있는 두 사람.
당신은 누굴 만날 것인가요?"

♡ 군인 남자친구

이유는
_____

_____

♡ 5년 만에 입국하는 절친

이유는
_____

_____

♡ 두 사람 모두 안 만난다

이유는
_____

_____

곰신들이 꼭 명심해야 할 명언은:

♡ 힘들 때 사람 버리는 거 아니다

♡ 안 가는 거 같아도 시간은 간다

♡ 기다리는 중이 아니라 사랑하는 중이다

♡ 사랑하기 때문에 군대는 문제가 되지 않는다

♡ _____

♡ _____

난 네가 이것만은 약속해줬으면 해:

♡ 하루에 30초라도 전화해서 네가 무사하다는 걸 알려줘

♡ 우리가 아무리 크게 싸웠더라도 이튿날 꼭 전화해줘

♡ 휴가 나오면 내게 집중해줘

♡ 일주일에 한 번씩은 사랑한다고 말해줘

♡ _____

♡ _____

♡ _____

네게 이것만은 약속할게 :

♡ 전화는 무조건 받을게

♡ 연락이 불규칙적이어도 토라지지 않을게

♡ 휴가를 내게 온전히 다 쓰지 않더라도 이해할게

♡ 하루에 한 번씩은 사랑한다고 말할게

♡ _____

♡ _____

문득 네가 낯설게 느껴질 때가 있어 :

♡ 날 애칭이 아닌 이름으로 부를 때

♡ 사랑한다고 말했는데 "응"이라고만 대답할 때

♡ 데이트 중 핸드폰만 뚫어지게 보고 있을 때

♡ 내가 싫어하는 음식을 먹으러 가자고 할 때

♡ _____

♡ _____

♡ _____

내가 곰신이 되고 달라진 점은.

신문에 군대 관련된 기사만 실려도 가슴이 쿵 내려앉아.
군인들을 보면 괜히 고맙기도 하고 안타깝기도 하고
네가 많이 생각나.

군화곰신 커플을 볼 때면 동지애가 마구 느껴져 자꾸 쳐다보게 돼.
네가 입대하고 나니 내 시간이 많아져서 이것저것 하는 일이 많아졌어.

몸이 멀어지면 마음도 멀어진다는 말은 우리에겐 예외인 것 같아.
목소리만 들어도 서로 많이 좋아하는 게 느껴지거든.

네가 제대하는 날은 우리가 처음 사랑을 시작한 날만큼 중요하고, 값진 날

이 될 거야.

SUNDAY	MONDAY	TUESDAY	WEDNESDAY	THURSDAY	FRIDAY	SATURDAY

우리 사랑의 2막이 열리는 날이랄까?

나는 오늘도 이날이 오기만을 기다리고 있어.

너에게 차마 보내지 못한 편지가 한 통 있어. 여기에 붙여둘게.

내가 생각하는 사랑은…….

첫눈에 반하는 게 진짜 사랑 ☐

천천히 물들어가는 게 진짜 사랑 ☐

서로 닮아가려고 애쓰는 게 진짜 사랑 ☐

서로 다른 점을 인정하는 게 진짜 사랑 ☐

사랑한다면 모든 걸 공유해야지(SNS 비밀번호까지!) ☐

사랑하는 사이에도 사생활은 존중해야지 ☐

최대한 자주, 오래 만나고 싶어 ☐

적당한 거리는 설렘을 주지 ☐

연락의 횟수는 사랑에 비례하는 거야 ☐

횟수는 숫자에 불과할 뿐 ☐

사랑의 다른 말은 존중 ☐

사랑의 다른 말은 편안함 ☐

진짜 사랑한다면 보내줄 수 있어야지 ☐

진짜 사랑한다면 절대 헤어질 수 없어 ☐

상대의 아픔까지 감싸주는 게 진짜 사랑 ☐

내 아픔을 상대가 모르게 하는 게 진짜 사랑 ☐

적당한 스킨십은 필수 ☐

사랑은 몸이 아닌 마음으로 하는 거야 ☐

사랑의 결실은 결혼이야 ☐

결혼은 단지 사회적 규칙일 뿐 ☐

만약 우리가 헤어지게 된다면, 아마 이것 때문일 거야:

♡ 부모님의 반대

♡ 술과 담배를 너무 많이 하는 너 때문에

♡ 자주 보지 못해 사소한 오해가 쌓여서

♡ 애정표현을 하지 않는 너 때문에

♡ 너보다 친구들과의 만남을 중요하게 생각하는 나 때문에

♡ 너의 모든 걸 알고 싶어 하는 나의 집착 때문에

♡ 남자사람친구들과의 모든 연락을 끊게 하는 너의 질투 때문에

♡ _____

♡ _____

♡ _____

♡ _____

아무리 수많은 이유가 있다고 해도

내가 너를 사랑하고

네가 나를 사랑하는

마음만 변치 않다면

우리가 서로에게 멀어지는 일은 없을 거야.

내 꿈 중 하나는, 전 세계를 너와 함께 여행하는 거야.

특별히 내가 가고 싶은 곳들을 아래 지도에 표시해둘게. 함께, 가줄 거지?

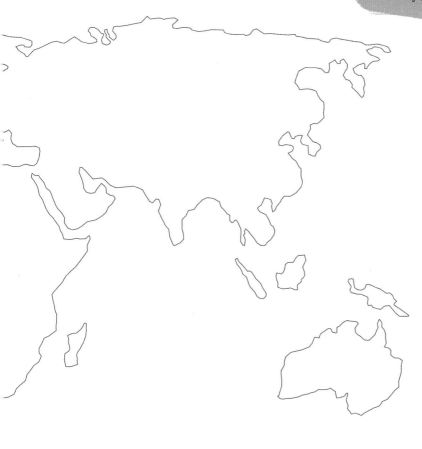

너에게 들려주고 싶은 좋은 말들!

상대방의 말에 귀 기울이기.
이것이 사랑의 첫 번째 의무다.
-폴 네이리히-

사랑하라.
한 번도 상처받지 않은 것처럼.
-알프레드 디 수자-

I like you보다
I love you보다
더 성숙하고 큰 사랑은
I am you!

내가 가장 좋아하는 너의 얼굴을 직접 그려볼게!

따라 그리고 싶은 사진을 여기에 붙이세요

짜잔! 어때?

널 그리는 동안 내 마음이 너로 가득차서 얼마나 행복했는지 몰라.

고마워, 사랑해!

너와 사랑에 빠지기 전 내가 두려워했던 것은:

♡ 내가 더 많이 좋아하게 될까봐

♡ 날 두고 바람 피울까봐

♡ 더 좋은 사람이 나타날까봐

♡ 너와 어울리느라 공부에 집중하지 못할까봐

♡ 친구들과의 관계가 소원해질까봐

♡ _____

♡ _____

♡ _____

너를 동물에 비유한다면:

♡ 애교 많고 살가운 강아지   ♡ 무심한 듯 보이지만 정이 많은 고양이

♡ 쉴 새 없이 재잘대는 앵무새   ♡ 듬직하고 포근한 북극곰

♡ 용맹하고 사나운 호랑이   ♡ 느릿느릿 여유로운 나무늘보

♡ _____

♡ _____

내가 절대 용서할 수 없는 너의 행동은:

♡ 술에 취해 인사불성이 되는 것

♡ 나 이외의 다른 여자들에게 친절하게 구는 것

♡ 아무리 사소한 일이라도 거짓말하는 것

♡ 이유 없이 연락두절되는 것

♡ _____

♡ _____

♡ _____

♡ _____

네가 제대하면 너랑 이런 커플룩을 입어볼 거야.

아무리 화난 마음도 네가 이런 말을 하면 금방 녹고 말지 :

♡ 넌 화내는 모습도 예뻐 ♡ 무조건 내가 다 잘못했어

♡ 그런데, 배고프지 않아? ♡ 왜 이렇게 살이 빠졌어?

♡ 너랑 다투고 어제 한숨도 못 잤어

♡ _____

♡ _____

♡ _____

♡ _____

지난 주말  번째 면회를 다녀왔어.

지난번에 봤을 때보다 훨씬 멋있어졌더라.

사랑해 하트 뽕뽕

너를 위해 직접 만든 힘을 주는 마법의 카드 4종 세트야. 힘들고 지칠 때

꺼내보렴!

너에게 들려주고 싶은 사랑의 문장들

Love is or it ain't. Thin love ain't love at all.
사랑은 있거나, 없거나 둘 중 하나다. 가벼운 사랑은 사랑이 아니다.

The first duty of love is to listen.
사랑의 첫 번째 의무는 상대방에 귀 기울이는 것이다.

To the world you may be one person, but to one person
you may be the world.
세상에게 당신은 그저 한 사람뿐이지만 어느 한 사람에게 당신은 세상일 수도 있다.

It you'd be loved, be worthy to be loved.
사랑을 받으려면 먼저 사랑받을 만한 사람이 되어라.

You love me, so I can breath.
당신이 나를 사랑하기에 내가 살 수 있다.

Life began again the day you took my hand.
당신이 내 손을 잡은 그날 내 삶은 다시 시작되었죠.

매일 아침 눈 뜨면 내가 가장 먼저 드는 생각은:

♡ 너는 지금 뭘 하고 있을까? ♡ 제대까지 앞으로 며칠 남았다

♡ 이번 주에 면회 가볼까?

♡ _____

♡ _____

♡ _____

♡ _____

곰신인 내가 가장 듣기 싫은 말은:

♡ 요새는 군화가 곰신 찬다더라 ♡ 진짜 기다릴 거야?

♡ 요즘 군대 편하다더라 ♡ 시간 금방 가는데 뭐

♡ 다른 사람도 한번 만나봐

♡ _____

♡ _____

♡ _____

지금 너랑 가장 하고 싶은 일은:

♡ 손 꼭 잡고 떡볶이 먹으러 가기

♡ 커플석에서 영화 보기

♡ 똑같은 머리띠 하고 놀이동산 가기

♡ 밤새 통화하면서 수다 떨기

♡ 친구 커플과 함께 여행 가기

♡ _____

♡ _____

♡ _____

♡ _____

그 무엇보다 너랑 가장 하고 싶은 일은

네 눈을 보면서

사랑한다고 말하고,

나도 그렇다는

네 목소리를 듣는 거야.

네가 제대하기 전까지 꼭 해내고 싶은 나의 목표는:

♡ 토익 800점 이상 받기

♡ 5킬로그램 감량

♡ 운전면허증 따기

♡ 유럽 배낭여행 다녀오기

♡ 아르바이트로 100만 원 모으기

♡ _____

♡ _____

♡ _____

♡ _____

우리 가끔 미래에 대해 이야기할 때 있잖아.

제대 이후의 계획에 항상 내가 포함되어 있는 게

난 참 고맙더라.

곰신이 된 후 생긴 가장 큰 고민은:

♡ 용돈이 많이 필요해

(너에게 도움이 되는 이야기를 해주고 싶어서 책을 자꾸 사고 널 만나러 갈 때마다 예쁜 옷도 사 입고 싶으니까)

♡ 머피의 법칙

(왜 널 만나러 가는 날에만 코 옆에 큰 뾰루지가 생기고 눈이 붓고 앞머리가 꼬불거리는 걸까)

♡ 글씨

(삐뚤빼뚤한 글씨를 볼 때마다 속상해. 네가 편지를 받고 실망할까봐)

♡ 전화

(언제 너에게 전화가 올지 몰라서 한시라도 손에서 핸드폰을 놓지 못해. 화장실에 갈 때도 들고 다니지)

♡ _____

그 이유는
_____

_____

♡ _____

그 이유는
_____

_____

우리 둘만의 암호를 만들어보자.

♡ 사랑해 → _____

♡ 보고 싶어 → _____

♡ 전화해줘 → _____

♡ 뽀뽀할까? → _____

♡ 행복해 → _____

♡ 화났어 → _____

♡ 서운해 → _____

♡ 멋있어 → _____

어느 영화에서 그랬지. 인생은 초콜릿 상자와 같다고. 어떤 초콜릿을 집게 될지 전혀 모른다고 말이야. 내가 너에게 특별한 초콜릿을 선물할게. 자, 아래 초콜릿 상자에서 마음에 드는 초콜릿을 골라봐. 그리고, 조심스럽게 뒷장으로 넘겨봐!

어떤 초콜릿을 골랐니? 네 맘에 드는 선물이면 좋겠어.

네 미래에 늘 달콤한 일만 가득하기를!

유독 이런 날씨에 네가 그리워:

♡ 햇빛이 화창한 봄날 ♡ 빗방울이 하나둘씩 떨어질 때

♡ 갑작스럽게 추위가 찾아온 날 ♡ 흰 눈이 펑펑 쏟아지는 날

♡ 바람이 매섭게 부는 날

♡ _____

♡ _____

♡ _____

내가 좋아하는데 너는 싫어하는 것 VS 나는 싫어하는데 너는 좋아하는 것

VS

내가 너에게 가장 감동받았던 적이 있었어. 그게 뭐냐면.

_____

_____

_____

_____

타임머신을 타고 과거로 갈 수 있다면

나는   년   월   일로 갈 거야.

왜냐면, _____

_____

_____

왜 사랑하느냐고 묻지 마.

그저 너이기 때문이니까.

내 존재에 대해 어떻게 이유를 댈 수 있겠니.

언제부터일까? 너를 사랑하게 된 것이. 우리가 처음 만났던 날부터 지금까

지 내 마음의 크기를 색칠해볼게.

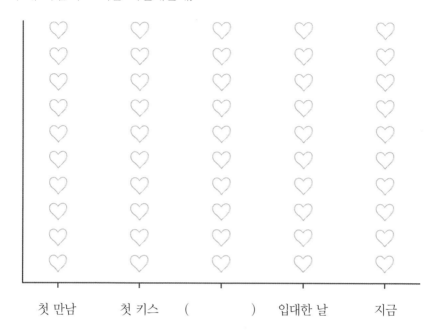

첫 만남   첫 키스   (   )   입대한 날   지금

널 생각하면 떠오르는 단어들

햇살   든든함   행복

귀여움   포근함

개구쟁이

따뜻함

오빠   곱슬머리

여유로움

너의 제대를 상상하며 미리 편지를 써봤어. 생각만으로 가슴이 벅차다.

너와 가장 잘 어울리는 향기는:

♡ 깔끔한 비누 향 ♡ 매혹적인 플로럴 향 ♡ 깊이 있는 머스크 향

♡ 상큼한 시트러스 향 ♡ 강렬한 우디 향

♡ _____

♡ _____

제대 10일 전부터 특별한 계획을 마련해둘게.

D-10	
D-9	
D-8	
D-7	
D-6	
D-5	
D-4	
D-3	
D-2	
D-1	

다른 사람에게 없는 특별한 너만의 장점은.

_____

_____

_____

_____

내가 너를 정말, 사랑하는 이유는.

_____

_____

_____

_____

_____

_____

_____

_____

너에게 받은 소중한 선물들을 하나씩 적어볼게.

♡ _____

♡ _____

♡ _____

그중 내가 가장 좋아하는 건 바로 이거야.

♡ _____

하지만

내게 그 무엇보다 소중한 선물은

바로, 너야.

요즘 나의 가장 큰 고민은 :

♡ 네 생각을 하느라 학업에 집중하지 못하는 것

♡ 자꾸 우울해지는 내 마음

♡ 커피를 너무 많이 마시는 것

♡ 쓸데없이 용돈을 너무 많이 써버리는 것

♡ 너에게 자꾸 투정을 부리는 것

♡ 살이 찌는 것

♡ 영어 공부를 게을리하는 것

♡ _____

♡ _____

♡ _____

♡ _____

너와 가장 닮은 연예인은 바로 _____ 이야.

봐, 정말 닮았지?

(사진을 붙여주세요)

(사진을 붙여주세요)

내 눈엔 그 어떤 아이돌보다 멋진 너!

너를 생각하며 써내려간 모든 기억들이 내게는 늘 기쁨이었고 행복이었어.
서로를 향한 우리의 사랑을 여기 약속하자. 군화가 멋진 운동화가 되어도,
곰신이 어여쁜 꽃신이 되어도 변치 않고 영원히 사랑할 수 있도록 말이야.

곰신의 약속

군화의 약속

몸은 떨어져 있지만

마음만은 언제나 함께하는

우리 둘의 사랑을 응원하며⋯⋯

행복하자, 우리.

사랑해.

글 **곰신지기** 54만 명의 곰신들과 매일 소통하는 네이버 '고무신 카페'의 주인장. 군 복무를 하던 2003년, 당시 여자친구가 그에게 보낸 초대형 선물 상자의 제작 과정을 인터넷에 공개하면서 고무신 카페를 열게 되었다. 지금은 아내가 된 원조 곰신과 함께 알콩달콩한 결혼 생활을 만끽 중이다.

곰신일기

1판 1쇄 발행 2018년 11월 12일
1판 2쇄 발행 2018년 11월 19일

지은이 곰신지기
발행인 오영진 김진갑 **발행처** (주)심야책방
책임편집 임나리 **기획편집** 김율리 함초롬 **디자인총괄** 안윤민
디자인 씨오디 **마케팅** 박시현 신하은 박준서 **경영지원** 이혜선

출판등록 2013년 1월 25일 제2013-000028호
주소 서울시 마포구 월드컵북로5가길 12 서교빌딩 2층
전화 02-332-3310 **팩스** 02-332-7741
블로그 blog.naver.com/midnightbookstore
페이스북 www.facebook.com/tornadobook

ISBN 979-11-5873-127-4 13810

이 도서의 국립중앙도서관 출판예정도서목록(CIP)은 서지정보유통지원시스템 홈페이지(http://seoji.nl.go.kr)와 국가자료공동목록시스템(http://www.nl.go.kr/kolisnet)에서 이용하실 수 있습니다.
(CIP제어번호 : CIP2018033121)